三年级 下册

手绘 全彩

中国古代寓言·名师导读版

杨九俊／主编

南京大学出版社

图书在版编目(CIP)数据

中国古代寓言：名师导读版 / 杨九俊主编. -- 南京：南京大学出版社, 2020.3（2021.11重印）
ISBN 978-7-305-10278-3

Ⅰ. ①中… Ⅱ. ①杨… Ⅲ. ①寓言-作品集-中国-古代 Ⅳ. ①I276.4

中国版本图书馆CIP数据核字(2019)第240593号

出版发行	南京大学出版社
社　　址	南京市汉口路22号　邮　编　210093
出 版 人	金鑫荣
项 目 人	石　磊
策　　划	刘红颖

书　　名	中国古代寓言·名师导读版
主　　编	杨九俊
改　　写	李廷斌
责任编辑	王　宁
装帧设计	谷久文

印　　刷	苏州工业园区美柯乐制版印务有限责任公司
开　　本	710×1000　1/16　印张 8　字数 180千
版　　次	2020年3月第1版　2021年11月第6次印刷

ISBN 978-7-305-10278-3
定　　价　27.00元

网　　址：http://www.njupco.com
官方微博：http://weibo.com/njupco
官方微信号：njupress
销售咨询热线：（025）83594756

★ 版权所有，侵权必究
★ 凡购买南大版图书，如有印装质量问题，请与所购图书销售部门联系调换

序

中国出版界的元老张元济先生有句名言:"天下第一好事,还是读书。"读书好在哪里呢?听听前贤的声音大致可知。雨果说:"各种蠢事,在每天阅读好书的影响下,仿佛烤在火上一样,渐渐熔化。"曾国藩说:"人之气质,由于天生,本难改变,唯读书可改变气质。"北宋黄庭坚有言:"士大夫三日不读书,则义理不交于胸中,对镜觉面目可憎,向人亦语言无味。"这些论述大抵强调读书对人的精神滋养,"腹有诗书气自华",恰如谢冕教授所言:"一个人一旦与书结缘,极大可能是注定了与崇高追求和高尚情趣相联系。"

当然,读书的好处不止于此。在读书中人的精神成长是与知识的充实、才情的增长、视野的扩展联系在一起的。培根就说过:"读书使人充实,讨论使人机智,笔记使人准确。""读书足以怡情,足以博采,足以长才。"黑塞曾描述过人们阅读经典是"一步一步地去发现这个世界是何等广大恢宏,何等气象万千和令人幸福神往"。他说:"最初,他们把这个世界当成一所小小的美丽幼儿园,园内有种着郁金香的花坛和金鱼池;后来幼儿园变成了城里的大公园,变成了城市和国家，变成了一个洲乃至全世界，变成了天上的乐园和地上的象牙海岸，永远以新的魅力吸引着他们，永远放射着异彩。"因此，他断言："阅读经典是人们获得教养的途径。"

正是基于对读书价值的充分认识，部编教材试图如主编温儒敏先生所说，"专治不读书的病"，其中一个途径就是设计了"快乐读书吧"，向儿童推荐适合他们阅读的文学经典。所谓经典，就是经得起时间考验、历久弥新的作品。之所以历久弥新，是因为其具有熟悉的陌生感，一方面它会给人带来审美的惊异感，另一方面它表现的是人类社会的普遍精神。真正发挥"快乐读书吧"的作用，让文学经典阅读落到实处，无疑，对孩子们的精神发育、精神成长具有非凡的意义。

本书的编者是一群具有广泛影响力的语文特级教师，他们在探索"12岁以前的语文"，引导儿童阅读经典方面做出了突出的成绩。他们自觉担当，共同创新"快乐读书吧"的落地工程。在编写本书时，他们隐身为"阅读向导"，给孩子们点拨，与孩子们对话，和孩子、家长、老师们共同商量，试图引导孩子们在经典架构的广袤大地上、茂密森林里寻觅并体验，从而开始"领略人类所思、所求的广阔和丰盈"，从而开始"在自己与整个人类之间，建立起息息相通的生动联系，使自己的心脏随着人类心脏的跳动而跳动"（黑塞语）。

希望本书大大小小的读者们提出宝贵意见，让我们共同努力，做好这项精神播种、筑梦未来的神圣工作。

杨九俊

目录

阅读向导的话（写给学生）

- 1　以德报怨
- 6　薛谭学讴
- 10　狮猫斗老鼠
- 15　运斤成风
- 20　成功的穷和尚
- 24　亡羊补牢
- 28　与虎谋皮
- 32　叶公与支公
- 37　惊弓之鸟
- 40　五十步笑一百步
- 45　一叶障目
- 49　黔驴技穷
- 52　掩耳盗钟
- 56　滥竽充数
- 60　不龟手之药

- 64 鹬蚌相争
- 68 歧路亡羊
- 72 塞翁失马
- 75 蓬头跣足
- 78 智子疑邻
- 82 郑人买履
- 87 馋酒的猩猩
- 90 桑中生李
- 94 涸辙之鲋
- 98 纪昌学箭
- 103 曾子杀猪
- 106 熟能生巧
- 109 不吃嗟来之食

- 113 阅读向导的话（写给老师与家长）
- 115 快乐收获

阅读向导的话（写给学生）

寓言是雨后的彩虹，呈现斑斓色彩，带来夺目绚丽；

寓言是和煦的春风，吹皱一池春水，吹开万紫千红；

寓言是真理的钥匙，打开万千故事，展现民族智慧。

也许你会问：老师，到底什么是寓言呢？告诉你们，寓言，就是装着智慧的一个个故事。它们要么特别夸张地借故事放大某个人物的优点或缺点，让我们知道什么是对什么是错；要么借一些动物的行为告诉我们什么该做什么不该做。

寓言充满智慧，但它从不板着面孔说教。它的篇幅短小，所讲的故事简单通畅而含义丰富，语言深入浅出、通俗易懂却又幽默有趣，读起来让人觉得轻松愉快。寓言将故事性和启发性结合到了一起，它只用寥寥数语便勾勒出一幅幅生动的画，中国古人的人生智慧便在这些画上得以鲜明呈现，读者在笑声中明白了寓言蕴含的哲理，得到某种劝喻或告诫。

中国古代寓言故事最早出现在先秦时代，有着数千年的悠久历史。这些古代寓言故事的内容十分丰富，包括国家的治理、世态百象、为人处事、修身养性、思维方式、学习方法等许多方面，这些内容包含着社会发展的经验和教训，凝聚着中华民族的智慧。

本书精选的28个中国古代寓言故事，每一个都有趣味、有意义，耐人寻味。它们从不同的主题入手，有的讲述与人相处的智慧，有的体现对精益求精的追求，有的证明信任配合的重要，有的展现当机立断的勇气。读《以德报怨》的故事，会让你感受到魏国县令的大度与智慧，遇到问题斗争不是最好的解决方式，站在对方的立场，以包容与帮助的方式为他人着想才能更好地解决问题；读《亡羊补牢》的故事，会让你明白失误与失败不可怕，找到原因，尽快地弥补不足、改正缺点才是关键；读《运斤成风》的故事，则会让你感叹技艺的精湛固然重要，但彼此的信任更是促进事情成功的重要一环……

人们都喜欢读寓言，因为寓言中的智慧，能给人的一生带来无穷的启迪。读中国古代寓言故事，我们既可以了解古人的世界观和古代风俗，还可以学习中国古代智慧的精华。它们或讲出深刻的哲理，不仅给人以美的享受，而且给人以启示；或"揭发伏藏，显其弊恶"，具有讽刺意义，读来能让你恍然大悟、如梦初醒。

孩子们，让我们赶紧翻开《中国古代寓言》，一起徜徉在哲理的海洋，了解古代寓言故事的精髓，让那一个个经典的古代寓言故事滋养我们的心灵，启迪我们的智慧！

以德报怨

战国时候，在魏国和楚国的交界处，两国各有一个村子（那时叫亭），都是种瓜的好地方。可是两国村民种瓜的态度完全不一样。魏国的村民十分勤快，非常用心，所以瓜长得快，而且又大又香甜。楚国的村民懒散得很，水都不愿意浇，他们的瓜长得蔫奄奄的，又小又难吃。

有一次，楚国的县令看到自己村里歪瓜的样子，非常生气，就把村民狠狠训了一顿。而村民呢，不在自己身上找原因，却把魏国的村民埋怨了好几天："谁让他们把瓜种得那么好？如果大家一样差，我们不就不会挨骂了吗？"最后，大家想了一个好主意：我们虽然没法比别人干得好，但有办法让他们的瓜和我们的一样差。于是，他们想方设法去魏国的瓜田捣乱，比种瓜勤快了十倍。他们天天晚上溜到魏国的瓜田，踩瓜扯藤。就这样，魏国的瓜好多都死了。

> 魏国和楚国的村民种瓜的态度不同，结果当然就不同啦。魏楚两国村民这种行为的对比，更让我们坚信，一分耕耘一分收获！

魏国村民发现这个情况后，十分气愤，便向县令报告，并且打算夜里去破坏楚国的瓜田，请求县令加派人手，好破坏更多瓜，让楚国人加倍得到惩罚。

县令宋就听了，坚决地摇了摇头。大家还以为他怕楚国人呢，宋就耐心地说："别人做坏事，我们怎么可以跟着这样做呢？心胸不能那么狭窄。如果那样，不仅谁的瓜都种不好，而且双方的怨恨会越来越深。我看不如这样，你们可以派人每天晚上去帮楚国人的瓜地浇水，在夜间悄悄进行，不要让他们知道。"

魏国村民依照宋就的

> 楚国村民不从自己身上找原因，反倒怪别人种得好，不去学别人好好种瓜反而来捣乱，真是愚蠢至极、讨厌至极。这样的情节恰恰为下面魏国村民的善良作铺垫。

> 如果魏国人与楚国人一样小心眼，相互报复，那么事情一定不能得到妥善解决。双方不但谁也吃不上好的瓜，而且积怨会更深。现在，县令宋就不仅让村民们不要去计较，而且还要去帮助楚国人种瓜，用宽广的心胸感动他人，真是让人叹服！

话去做了。从此，楚国的瓜也长得有精神了。楚国村民偶尔去浇水，却发现瓜田总是被人浇过，感到很奇怪。他们暗中观察，发现魏国人在夜里悄悄为他们的瓜浇水。他们非常得意，向县令报告了此事。县令也很得意，便向楚王报告。

楚王比较英明，听说自己村民的做法后，感到很惭愧。他说："破坏别人瓜田还不知羞耻的人，一定还干了其他坏事，一定要好好查查。"

后来，他还派使者带着礼物，向魏国人道歉。

魏王也认为楚王是一个讲信用的人,于是两国结成了友好关系。

填一填,比一比:

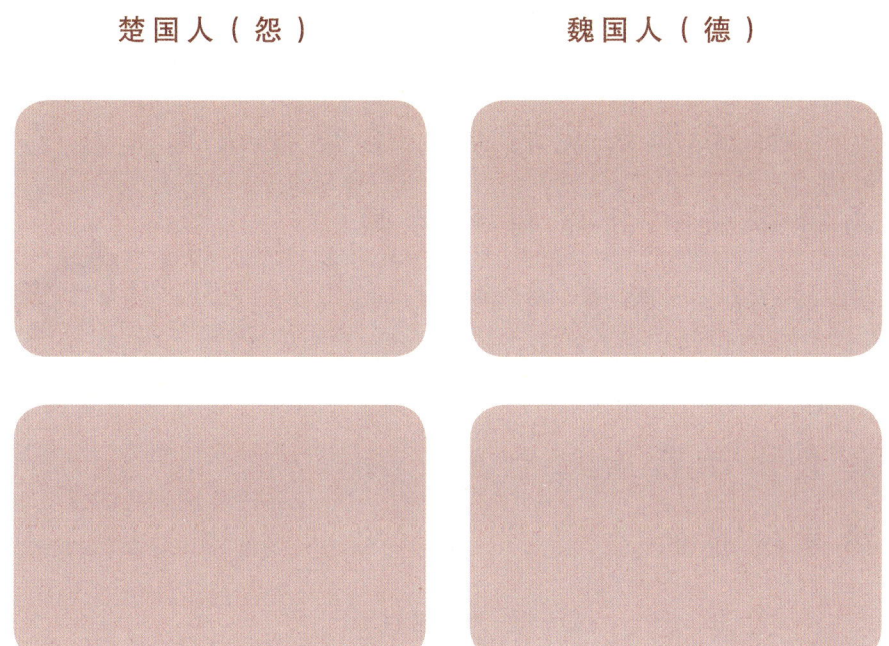

楚国人(怨)　　　　　魏国人(德)

薛谭学讴

从前,秦国有个年轻人叫薛谭,他想当歌唱家,于是,就向大歌唱家秦青学习。

薛谭本来就聪明,学得很认真,技艺提高得很快,经常得到老师的鼓励。秦青对他说:"你只要坚持下去,一定会青出于蓝而胜于蓝,最终超过我的。"

三年后,薛谭在路边练歌,过路的行人听了,便停下脚步听他唱,没有一个不夸他的。有一次,他在小溪边唱了一支欢快的歌,鱼儿突然接连跳了起来,好像在跳舞。这时,一个人对他说:"你唱歌的

> 通过侧面描写过路行人的夸奖、跃起鱼儿的舞蹈,我们感受到薛谭的歌唱本领的确非同一般。此情节为他后面的拜别师傅埋下了伏笔。

本领太高了,可以让鱼儿跳舞了,完全不用再跟老师学了。"

薛谭一想,对呀,几年来,老师示范的时候,自己好像只是差一点点就达到老师的水平了,现在说不定自己已经超过老师了。然而他不知道的是,老师是故意这样做的,是为了给他更大的信心。薛谭以为自己的水平很高了,就向秦青告别,请求离开。

秦青没有挽留,只是微笑着对薛谭说:"我明天在长亭为你送行。"古时候,人们都爱

在长亭送别。

第二天,在郊外的长亭里,喝完饯行酒后,薛谭向老师磕了几个头,登上了马车。没走几步,他就听见乐器的节拍响起,清脆悦耳,就像昆仑山的美玉突然被击碎一样。接着,秦青唱起了歌,歌声非常嘹亮,像忧伤的凤凰,在空中鸣叫。

一听见歌声,马放慢了脚步,接着完全不走了。赶车人也不驱赶马,他的眼里都是泪水。薛谭也不由自主地悲伤起来,他看见路边的柳树都在颤抖,似乎在哭泣。他不由得抬头望了望天,只见浮动的云彩,慢慢停止了,渐渐聚集在长亭的上空,好像越来越凝重,似乎要飘下雨来。

薛谭一下子明白了,忙跳下车,流着泪跑向老师,跪下请求原谅,请老师再接受他。

秦青重新接受了他。从此,薛谭一直向秦青学习,直到秦青去世。后来薛谭也成了著名的歌唱家。

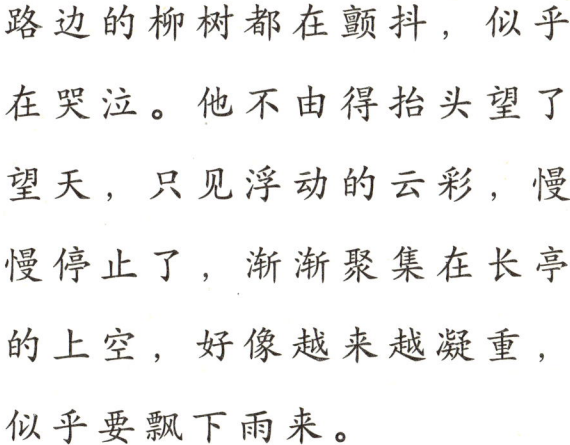

通过马、赶车人、薛谭、柳树、浮云的各种表现,我们从侧面感受到了秦青歌声的魔力,表现了他歌唱水平的超群。同时,将此段与上文薛谭唱歌时路人与小鱼的表现进行对比阅读,我们不难发现秦青歌声的感染力响遏行云,令万物悲恸,实在非同小可。

说一说:

薛谭学讴,坚持多年终于成为著名的歌唱家后,当他面对高山流水、飞禽走兽放声歌唱时,眼前的景物一定会被感动,那又会是怎样的情景?

狮猫斗老鼠

明朝时,皇宫突然来了一只大老鼠,有猫那么大。大老鼠偷东西,啃家具,甚至还咬了一个宫女,给皇宫带来了大麻烦。为了除掉它,皇宫里派人到处找猫。可是每一次,猫都被大老鼠吃掉。大老鼠更加猖狂,也越来越可恶,它甚至

吃猫、咬人、霸占屋子,谁都拿它没办法,这么猖狂的大老鼠,简直无法无天。强调大老鼠的作恶多端,也是在为狮猫的出场作铺垫。接下来出场的狮猫能有办法对付它吗?带着这个疑问一起往下看!

霸占了一间屋子，大家都不敢进去，也拿它没办法。

这时，外国使臣送来一只猫，叫"狮猫"。这狮猫浑身上下一片白，像一团雪，非常漂亮。如果是平时，大家才舍不得拿它去执行这么凶险的任务呢。但现在没办法，大家抱着侥幸的心理，把它扔进大老鼠的屋子里，关上门窗，在外面偷偷地看。

只见狮猫蹲在屋子里，一动也不动，像是打瞌睡。过了好久，那只大老鼠从洞口探出脑袋，东看西瞧，慢慢地爬了出来，故意吱吱叫。而狮猫似乎没听见，趴在那里，不动也不叫，好像睡着了。外面偷看的人失望极了，心想：完了，这一回又给老鼠送猫肉了，这猫不应该叫狮猫，叫呆猫还差不多。

> 比起老鼠的挑衅，狮猫的安静多少让我们有点失望。读了这段文字，你不妨猜猜狮猫接下来会怎么做。

老鼠看到狮猫不理它，怒叫一声，恶狠狠地向猫扑过去。狮猫猛地一闪，躲开了，跳上了桌子。大老鼠也追到桌子上，猫又闪到茶几上。老鼠跟着扑了过去，狮猫又跳回地上。就这样三点一圈，跳上跳下，反反复复。偷看的人，都觉得这猫太胆小，真不明白名字里为什么带了个"狮"字。

没过多久，那只老鼠跳得越来越

慢，狮猫的动作似乎也慢了，每次老鼠扑过去，总是只差那么一爪半爪。气得老鼠不服气地拼命跟着追。

跳了一百多次后，狮猫慢慢跳上了桌子，回头看老鼠。老鼠实在累坏了，趴在地上直喘气，大肚子一起一伏。它想休息一会再抓狮猫。可是，狮猫却猛地从桌上跳下，两只利爪一把揪住老鼠的头，接着狠狠一口咬住了老鼠的脑袋。大老鼠拼命挣扎，狮猫死咬不放。它们就这样扭在一起，狮猫"呜呜"地怒叫，越来越凶；老鼠"啾啾"地惨叫，不一会儿就没声了。大家这才明白，狮猫前面

> 这段描写很精彩，抓住狮猫的动作，写清了它的反应。圈圈狮猫的动作，好像永远只有三个，反反复复，三点一圈。你是不是和在房间外面偷看的人一样，也觉得狮猫特别胆小？

> 结局与你先前的猜想一样吗？狮猫的反扑一气呵成，几个动作又狠又准，与先前的躲闪、呆萌形成鲜明的对比。此时狮猫的凶悍与老鼠的凄惨也形成了鲜明的对比，实在是大快人心。

躲开老鼠，并不是胆小，而是要消耗老鼠的体力。真是一只聪明的猫！

心情电波：

回读故事，在括号里记录下你读故事的心情变化吧。

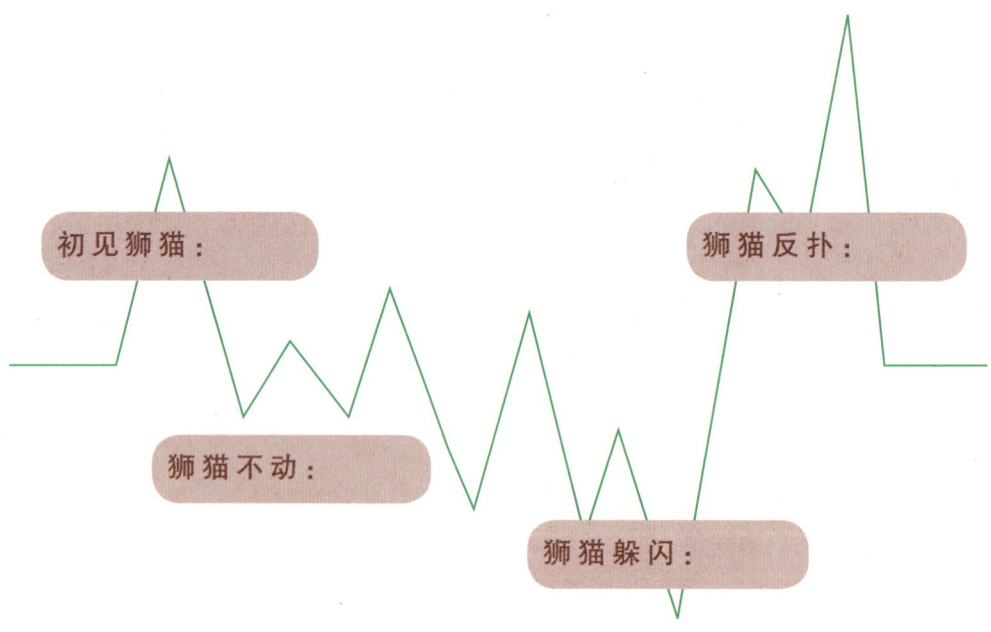

运斤成风

从前,楚国郢都有个手艺很好的木匠叫匠石。他有个好朋友,是个泥水匠。他们经常一起干活,成了一对好搭档。

这两位,对自己的技术定了很严格的标准。匠石使起斧头来,虎虎生风,又快又准;泥水匠刷墙时,又快又均匀,而且身上不能沾上泥水、石灰等。

有一次,他们帮人干活的时候,

泥水匠没留神，鼻子上蹭了一点石灰，像苍蝇的翅膀一样，又薄又小。收工的时候，匠石看见了，就把斧头拿了出来。泥水匠一见，随口说道："你又要砍我啊?."匠石笑着对泥水匠说："哈哈，老兄，今天你得小心你的大鼻子哟。"

泥水匠听了，就站在那里，像棵青松一样。只见匠石走到他的侧面，抡起了斧头。而屋子的主人看到这一幕，大惊失色，以为两人要打架，连忙从屋里冲出来，准备劝阻。

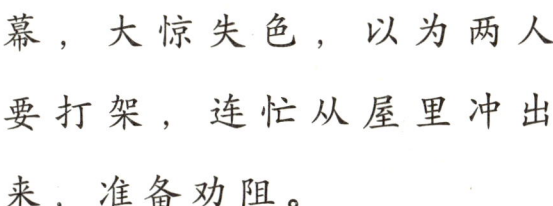
泥水匠的鼻子上蹭到了一点薄如蝇翼的石灰，匠石就掏出了大斧头。薄灰、大斧头，两者有什么关系呢？匠石他这是要干什么呢？

他还没有赶到，只听得"呼"的一声，只见匠石的大斧头朝着泥水匠的脸部，如一轮圆光劈下，主人吓得一屁股瘫坐在地上，心想：打点家具刷个墙，就闹出人命，这可怎么办？

这时，却听到泥水匠哈哈大笑的声音。主人睁眼一看，原来泥水匠鼻尖上的白灰被劈掉了，而人竟然毫发无损。

主人惊呆了，对此十分佩服。后来，他一见到熟人，就讲这个故事。再后来，这件事传到了远方的宋国。

斧头通常是劈柴砍树干大活用的，匠石却用斧头劈掉泥水匠鼻尖上的白灰，而且对方毫发无损。看到这里，你心里是惊叹，还是佩服？你觉得是什么让匠石成功劈掉了这鼻尖上的白灰？

宋元君听说了这件事,觉得匠石他们太棒了,特地请两人去做客,结果只找到了匠石。宋元君就请求匠石表演一次运斤成风削石灰的神奇技术。

匠石却摇了摇头,叹息一声,伤感地说:"以前,我的确能用斧头把我朋友鼻尖上的白灰削去,那是因为他相信我的能

反复读读匠石的话,你一定有了新的收获。运斤成风,不但需要过人的技能,更需要有人有足够的胆量配合。只有彼此相互信任,才能充分施展自己的才能,完成看似不可能的事情。

力,而我也相信他的胆量。可是现在,他已经去世了,我再也没有这样的搭档了。"

玩一玩:

 和爸爸妈妈一起玩"你说我做"的游戏,一个指挥,一个闭上眼睛去厨房里倒杯冷水,看看在你们的配合下,闭上眼睛的人能否"运斤成风",顺利完成任务。

成功的穷和尚

古时候，在四川一个偏远的地方，有两个和尚，一个穷一个富。他们都诚心向佛，都有共同的愿望：到佛教圣地南海普陀山朝圣。一天，穷和尚来拜访富和尚，富和尚看他带着壶和饭钵，还以为他没吃的了来讨饭呢。谁知道穷和尚开口就说："我想去南海朝圣，你觉得怎么样？"

富和尚不敢相信自己的耳朵，问："你靠什么去呢？"但他心里在乱想：穷和尚，你不会是找借口想借钱吧。谁知道穷

和尚说:"就这个水壶和饭钵,足够了。"富和尚有点儿吃惊,说:"怎么可能?南海那么远……"穷和尚说:"你也可以的,我们一起去吧?"富和尚摇了摇头,说:"许多年前,我就打算租一条船,顺江而下,直到南海。可是我省吃俭用到现在,省下的钱估计只够我带一个用人去的路费,回来的盘缠就

穷和尚没有钱却觉得自己能去远方,而富和尚有了不少钱却觉得自己没有回来的盘缠还不能去,你赞成谁?跟家长说说自己的想法。

没有了,所以我还没有去。"

穷和尚听了,就告别了富和尚,独自走了。

他翻过一座又一座大山,穿过一片又一片森林,渡过一条又一条河……饿了,就用饭钵向人讨碗素斋吃;渴了,就用水壶盛些井水或泉水喝。晚上,有时投靠寺庙、善良人家里;有时睡在桥下、山洞里。穷和尚吃了很多苦,但也结识了不少朋友,见到了不少高僧,参透了更多的佛理。他走了六千多里,终于到了南海。

> 这里连用了三个分句介绍了穷和尚一路的行、食、住。穷和尚看似一无所有,但实际上他拥有很多。你知道他拥有什么吗?

而富和尚则每天待在庙里，时不时幻想一下自己去南海朝圣的景象。

几年后的一天，富和尚正在打坐，突然听人说：穷和尚朝圣回来了。他简直不敢相信，连忙去找穷和尚。穷和尚对他讲了自己云游的经历。富和尚听了，想起自己当年的话，不由得羞红了脸。

还记得当初富和尚说了什么话吗？找到那段话，回读后想一想，他为什么想起当年的话会羞红了脸呢？

比一比，说一说：

穷和尚成功，是因为 _____
_____。

富和尚不成功，是因为 _____
_____。

亡羊补牢

从前,在北方,有两个人是邻居,各自养了十只羊,晚上就关在各自的羊圈里。两个羊圈靠在一起。有一天晚上,突然刮起了大风,把羊圈吹开了许多口子。风停后,来了两只狼,它们各选了一家羊圈,从裂口扒开大洞,分别偷走了一只羊。

第二天,两个人发现羊被偷走了。一个人连忙把狼扒开的洞堵住,又仔细地检查羊圈,把所有的裂口都补好,还做了加固。

而另一个人呢,看着被狼扒开的洞一个劲儿地后悔、叹气。邻居劝他先补好羊圈,他却说:"羊都丢了,昨晚应该风一停就补,现在来不及了。"

当天晚上,狼又来了,它们发现第一家

的羊圈已经补得牢牢的，便跑到第二家的羊圈，又在他家羊圈扒了一个洞，这下这家人的羊圈又多了一个洞。

> 两个人一样丢了羊，却有不同的应对措施。回读圈一圈他们的不同做法，想一想，谁的做法对？为什么？

第三天早晨，这家主人发现羊又丢了两只，又哭了起来。邻居听见了，又来劝他赶紧补羊圈。这家主人也怕丢更多的羊，于是接受忠告。他打算先把那两个洞堵好，再去补裂口。可补到一半，就嫌麻烦，不干了。他自言自语道："我已经把洞堵上了，大的裂口也补

好了，就剩几个小口子，狼应该钻不进去，就这样吧。"

可是第四天早上，他准备去放羊，一看羊圈空了，而羊圈被扒开了三个洞。原来，昨晚那两只狼又带了一个伙伴来，叼走了三只羊。剩下的四只羊，觉得这羊圈实在不安全，就从破洞逃走了，藏了起来。这个人又哭了起来。

邻居赶过来，连忙安慰他说："只要羊圈补好了，可以重新养羊。"于是，他在邻居的帮助下，把羊圈每一道裂缝都补得牢牢的。而那逃跑

> 天下无难事，只怕有心人。在遇到困难的时候如果怕麻烦，那么没有解决的这个麻烦一定会变成大麻烦。你觉得狼会从这几个小口子钻进去吗？

的四只羊看见羊圈补好了，又都回来了。从此，他再也没有丢过羊。

想一想，说一说：

　　你经常丢笔吗？你有没有想过自己为什么老是丢笔？你准备吸取怎样的教训？

与虎谋皮

古时候,有一个人,既好吃,又爱穿。他做梦都想得到一件狐皮大衣,天天能吃鲜美的羊肉。可是,他却没钱买。

他听人说:"世上无难事,只怕有心人。"他想,对呀,我很有心,这些愿望一定能实现。

于是,他来到山里,找到了狐狸。他恭恭敬敬地向狐狸行了个大礼,客客气气地对狐狸说:"狐狸先生,不仅是您,你们全家都是那么漂亮。所以，我十分诚心地前来拜访，想请您帮个忙。"

狐狸见对方这么客气，以为对方将自己当成了狐仙，便想听听他怎么说。可是，只听那个人拱手说道："我想做几件狐皮大衣，请问，你们哪一位愿意剥下身上的皮，来满足我这个小小的要求呢？"

狐狸一听，大惊失色，而这个人还在唠唠叨叨："你们美丽的皮，没有被更多的人看到，实在太可惜了。请你们放心，我保证，会做成最美、最华贵的……"

他还没说完，狐狸早已跑得没了影。他叹了口气，道："唉，这个世界上，为什么会有这么自私的狐狸呢？"

他只好下山。路上又遇到一群羊。这些羊看

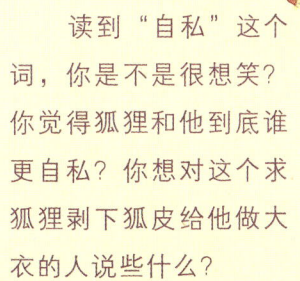

读到"自私"这个词，你是不是很想笑？你觉得狐狸和他到底谁更自私？你想对这个求狐狸剥下狐皮给他做大衣的人说些什么？

起来温顺又善良。于是，他恭恭敬敬地走到羊群跟前，温柔地说："善良的羊啊，我肚子饿坏了，请帮帮忙。"

羊以为他想吃草，正准备让出一块草地给他。谁知他接着说："我好想吃羊肉，请你们每只羊割一点点肉给我，不多，每只就割一两斤就够了。我保证做出最美味的……"他的话还没说完，羊们就撒腿跑得没了影。

他问狐狸要狐皮，狐狸不等他说完就跑得没了影；他问羊要羊肉吃，羊又撒腿跑得没了影。故事用相似的情节再次表现了这个人的愚蠢。想象一下，接下来，他会遇上谁，又会提什么过分的要求呢？

这个人摇了摇头,仰天长叹道:"这个世界怎么啦?我诚心诚意地请它们帮忙,这么多狐狸、这么多羊,却没有一个肯帮忙。它们怎么这么冷漠呢!"

据说,后来他听说虎皮大衣穿起来很威风,于是又去找老虎商量,请老虎"借"块虎皮给他,结果气得老虎当场将他吃掉了。

> 当老虎咬死他的时候,他的心里一定在怪老虎,联系前文猜猜看,他的心里是怎么想的?

写一写:

故事中的狐狸、羊、老虎在听到那个人过分的要求时,都气得没话说,它们的心理活动一定很丰富。请你发挥想象丰富故事,把狐狸、羊、老虎当时的心理活动写出来。

| 狐狸 | 羊 | 老虎 |

叶公与支公

古时候,有个人很喜欢龙,叫叶公;另外一个人很喜欢仙鹤,叫支公。

叶公家里到处都是龙,门上、窗子上、柱子上都刻着龙;地上、墙上、屋顶上也都画着龙。他常常对人说,自己很喜欢龙,每年都许愿,希望能看到真龙。说多了,真正的龙都听到了。刚开始,真龙也不相信,不过它每年都听叶公这样说,终于被感动了。于是,它决定去看望叶公。

真龙选在叶公生日那一天,到叶公家去,打算给他一个惊喜。叶公家的客厅里,大家正谈得高兴,只听见叶公对客人说:"今天真是热闹啊,要是再来一条真龙,那就太好了。"

　　真龙在天空中,刚好听见这句话,高兴得大叫一声:"我来啦!"一下子冲了下去。它把头从窗口伸进来,想看看喜欢自己的叶公。可它的身体实在太长,把叶公的屋子盘了大半圈,还是只把自己的头挤进了屋。

　　叶公的朋友们都看呆了,他们觉得这真是太神奇了,纷纷对叶公说:"果然是心诚则灵呀,叶公,你的真心把真龙都感动了。"不过,他们仔细一瞧,发现叶公不见

了。原来,叶公一看到龙,吓得逃进了房间,躲在了床脚下。

再来说说喜欢仙鹤的支公,他家里画了不少仙鹤。有人说,支公好鹤就和叶公好龙一样,只是表面喜欢。支公听了,很不高兴,因为他是真心喜欢仙鹤。他说,要是仙鹤到了自己家,自己一定会好好留住它。

一天,他的朋友送给他一对小仙鹤。支

> 叶公前后不一的行为令人啼笑皆非。想一想,他之前的哪些行为让大家觉得他是真的喜欢龙?将之前的喜欢与现在的逃走作对比,你觉得叶公是真的喜欢龙吗?

公高兴极了，把仙鹤当成儿女一样养。

仙鹤越长越漂亮，跳起舞来，舞姿优美极了。这让支公更加喜欢。可是，仙鹤长大了，总想着飞走。

支公才舍不得让它们走，于是，就将仙鹤翅膀上的羽毛剪掉了。这样，仙鹤虽然没有以前漂亮，但支公再也不用担心它们会飞走了。

不过，从此以后，仙鹤再也不神气了，每天无精打采。偶尔用力扇动翅膀，却飞不起来，它们就更加难过，脑袋耷拉得更低了。

> 支公不是很喜欢仙鹤吗？那为什么要把它们翅膀上的羽毛剪掉呢？

支公将这一切看在眼里，叹了一口气，说："唉，仙鹤有它自己的天性，不顾它们的意愿，把它们强留在自己身边，算不上真正喜欢它们啊。"

于是，支公不再剪仙鹤的羽毛，而是等

它们长好羽毛后,将它们放了,让它们飞向蓝天。

> 之前支公因为喜欢仙鹤,就把仙鹤翅膀上的羽毛剪掉,把它们留在身边。现在支公为什么要把仙鹤放飞蓝天呢?他是不再喜欢仙鹤了吗?

写一写:

爱是什么?
_____

爱不是叶公的_____,也不是支公一开始的_____,而是_____
_____。

爱是什么?
_____

爱不是_____,也不是_____,而是_____。

惊弓之鸟

战国时期，有个人叫更羸。羸是瘦弱的意思。但事实上，更羸可能很瘦，但一点都不弱，而且还是一个杰出的弓箭手。

有一天，他陪魏王在一个高台下散步。天空突然传来大雁的叫声，听起来有点悲凉。他们抬头一看，天空中果然有只大雁，在慢慢地飞。

魏王对更羸说："你能站上高台把这只大雁射下来吗？"

更羸仔细观察了一会儿，对魏王说："大王，我不用箭，只用弓声，就能将这只大雁射下来。"

只用弓，不用箭，要射下大雁似乎不可能，但更羸又不像在吹牛。到底能不能做到呢？让我们一起满怀好奇往下读。

"啊?"魏王吃了一惊,心想:怎么可能?一定是他想邀功吹牛的吧。魏王笑道:"你竟然有这样的本事?"

更羸说:"这次,我一定行!"

没过一会儿,那只大雁便飞到了他们头顶上空。更羸左手拿弓,右手用力拉满空弦,"嘣"的一声后,只见大雁先是猛地向上一蹿,拍了几下翅膀后,便一头栽落下来。

"真厉害呀!"魏王简直不敢相信自己的眼睛,他张大了嘴,夸赞道:

"你的箭术真是太高超了！"

更羸笑笑说："大王，并不是我箭术高，而是这只鸟受过伤。"魏王觉得更加奇怪了，几乎不敢相信自己的耳朵。

更羸说："大王，这只雁飞得慢，叫得惨。飞得慢，是因为受过箭伤；叫得悲惨，是因为离开同伴，非常孤单。它一听到弦响，一害怕，就会拼命往高处飞。一使劲，伤口就裂开了，因此便掉了下来。"

> 更羸的分析头头是道。看来他开始的胸有成竹源于他平时的射箭经验，得益于他日常的仔细观察和严谨准确的逻辑推理。

读一读，写一写：

读读故事，完成更羸的推理表。

		推断	
看到		→	
听到		→	

五十步笑一百步

从前有两个国家——东国和西国，有一年，两国收成都不好，老百姓没什么粮食吃，有人都饿死了。

东王很伤心，一是他觉得自己用心治理国家，但臣民数量没有增加；二是他的爱犬刚死了——因为吃得太好，得了肥胖病。东国有个马屁精一号，简称马一，自告奋勇地给狗办了场隆重的葬礼。在葬礼上，马一都哭晕了。东王一

感动，心情好转，于是调了些粮食到灾区，让饥民们每天能喝上一碗清汤稀饭。东国还有个马屁精二号，简称马二，连忙唱赞歌，说东王是天下第一的好国王。

> 东王的爱犬得肥胖病而死，马屁精一号的表演感动了东王，东王才大发善心让饥民们喝上了一碗清汤稀饭。对比着一读，你知道东王的臣民为什么没有增加了吗？

东王听了更高兴了，他自认为比起西王来，他好上了天；西国百姓不来投奔，真是瞎了眼。

东王等了很久，却一直不见西国百姓投奔东国。东王气坏了，认为是西王在搞鬼，于是决定让马一和马二做先锋，率兵攻打西国。这两个马将军，坐在马车上，各由四匹大肥马拉着，很是威风。

战斗打响了，军旗随风飘，锣鼓咚咚敲。士兵们冲啊杀啊，刀砍枪挑。谁知道，西国士兵非常猛，眼睛好像都发着绿光。饥饿的他们，眼中的马不是马，而是马肉！特别是那八匹大肥马。两个马将军只是马屁专家，哪会打仗啊。一看对方冲来，当机立断：撤！他们甚至来不及调转车头，直接跳下车就跑。

马一为了跑得轻松，丢盔弃甲，头也不回，只顾逃跑。马二落在后面，拖着长枪，边跑边回头，生怕敌人追上来。马二跑了五十多步，没想到的是，敌人根本没追上来，原来他们饿极了，忙着把大肥马牵回去吃呢。

马二见状也不跑了,他发现马一还在往前跑，跑了一百多步。这下马二乐坏了，对着

身边的士兵说:"哈哈,他真是个胆小鬼!一打仗吓得逃那么远。真可耻!"

马二和马一一样都是逃兵,但他为什么要笑马一呢?

他们收兵见了东王,马一垂头丧气,马二则幸灾乐祸地汇报战况,嘲笑马一是个逃跑将军,跑得快,跑得远。然后直夸大王英勇,敌人一听大王来了,就自动撤退了。但马二不知道,刚才在后方的东王听说军队败了,吓得连退了十里。这回马二的马屁可算是拍到马腿上了。

不过东王才不会承认自己也被吓退了,假装十分生气地说:"我本想诱敌深入,消灭全部的敌人!但你们,最多才后退一百步,没把敌人引进来。来呀,拖下去打!马一跑了一百步,痛打五十大板;马二只跑了五十步,痛打一百

马二跑了五十步,马一跑了一百步,东王以自己逃跑是为了诱敌深入为理由,对跑得少的马二多打五十大板,你想对那个一下子退了十里的东王说些什么呢?

大板。"二人被打得鬼哭狼嚎。

东王班师回朝后，举行了盛大的宴会庆祝胜利。马一、马二也参加了，马二垂头丧气，可是马一却兴高采烈，他逢人就说："马二这次被打惨了，挨了一百大板，打得好！哈哈哈！"而东王吃饱喝足后，又忍不住地想：我治理国家这么用心，为什么臣民不见增多呢？

说一说：

马一、马二他们分别为什么事情笑对方？

劝一劝：

你想对马一、马二、东王各说些什么？

判一判：

东王为什么治理国家这么"用心"，臣民却不见多呢？

一叶障目

楚国有个穷书生,天天做着发财梦,他相信书里自有黄金屋,于是常在书里找发财的门路。有一天,他没事干,读起了《淮南子》,只见书上有一段话写道:"得到了螳螂捕蝉时遮蔽它的树叶,可以隐身。"看到这里,他乐坏了,认为终于找到发财的工具了。

于是,他跑到山里,仰着头在各种树

上找螳螂。找了三天，终于看见一只螳螂，正躲在一片叶子后面，准备捕蝉。那叶子果然很有效，螳螂一下就抓住了蝉。

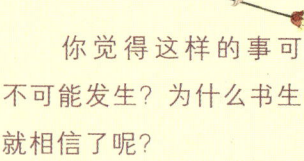

你觉得这样的事可不可能发生？为什么书生就相信了呢？

书生高兴极了，连忙爬上树，去摘那片叶子。他笨手笨脚，好容易才摘到，兴奋得直拍手，却忘记自己的一只手正抱着树呢。"扑通"一声，摔了个结结实实。他躺了半天才爬起来，感觉身体有点儿痛，但心里更痛——因为那片叶子摔丢了，和树下原有的落叶混在了一起。

读到这儿，你觉得这个书生怎么样？你想送他一个什么词？

他想了想，决定把周围所有的落叶都扫起来带回家，他脱下衣服，装起树叶，带回了家。此时妻子正在织布，见他抱了一堆树叶，还以为书生也会找柴了。谁知，书生却趴到她身边，用一片树叶遮住自己的眼睛，问妻子："你看得见我吗？""当然看得见啦！"开始，妻子总是这样回答。谁知道，书生一片接一片，没完没了地问，吃饭时也是一边吃一边问："你看得见我吗？"妻子被问得不耐烦了，只好答道："看不见了，真的看不见了。"

书生一听，高兴极了，饭都不吃了，拿着那片树叶就往集市跑去。他本想拿双鞋子，但他没带尺子，不知道鞋子合不合适，就放弃了。接着又想到孔子说过三个月不知肉味，自己也有三个月没吃过肉了，于是就来到菜市场的猪肉摊，左手举着那片叶子，挡在自己眼睛前，右手伸

> 买鞋子还要带好尺子？你有什么更方便的办法？读到这里，你更可以肯定这个书生怎么样？

> 挡住自己的眼睛别人就会看不到你的不良行为吗？真是愚不可及！

过去，拿起肉块转身就走。屠户一愣，反应过来后忙把他抓住，送进了官府。

选一选：

1. 妻子最后说看不到他了，是因为（　　）
①不耐烦了。　　②想骗书生。

2. 这个书生居然真的拿着一片叶子堂而皇之地到肉摊上拿肉，是因为（　　）
①迷信书本，不科学地看事情。
②因为他发现自己真的会隐身。

3. 读了这个故事，你明白了（　　）
①不能迷信书本，要有自己的判断。
②不要让一片树叶挡住自己的眼睛。

黔驴技穷

古时候,贵州叫黔,那里没有驴子。有一次,有个人运了一头驴过去。可是,他发现驴子在那里没有什么用处,就把它放到山下。山下的草很好,驴子也乐得逍遥自在,觉得自己成了这片草地上的国王。

山里有只老虎,一天,它在追一只兔子,追下了山。那兔子从驴子身边跑过时,对着驴子喊:"老虎来了,赶快跑呀!"可驴摆了摆它庞大的身体,对小兔子理都不理。

老虎一见那头驴子,吓了一跳:"这是什么?好大的个子,是不是神仙啊?"它连兔子都不追了,躲到树林里,偷偷地观察这头驴子。后来,它悄悄地走近观察,非常小心。但驴只顾着吃草,完全不理它,这下老虎更猜不透驴子是什么东西了。

一天，驴子看见老虎鬼鬼祟祟的，以为它要抢自己的草，就冲着老虎大叫了一声。老虎以为驴子要来咬自己，非常害怕，跑得远远地，躲了起来，心扑通扑通地乱跳。不过它很纳闷："驴子为什么不来追自己呢？"

> 躲、悄悄走近、偷偷观察、非常小心，通过这些字词，你感受到这是一只怎样的大老虎？

于是老虎又去观察驴子，渐渐地，他发现驴子没什么特别，只是个子大、声音大而已。而驴子呢，觉得这老虎很讨厌，老偷看自己吃草。刚开始，驴子一叫，老虎就走开了。可到后来，这一招越来越不管用，驴子越叫，老虎走得越近。看到老虎在自己的草地上不走，驴子都快要发火了。可是，它发现老虎并没有抢草吃，所以也没有把它的绝招使出来。

老虎胆子越来越大，先装着不注意，碰了驴一下。后来越来越明显，越来越放肆。

驴子忍无可忍，怒火好像把两只眼睛都烧红了。它决定使出绝招，一个蹄子用足了劲，狠狠地向老虎踢去。老虎见了，反而笑了，它心中盘算道："这家伙的本领不过如此！"于是怒吼着暴跳起来，扑倒了驴子，吃掉了它。

> 老虎的死缠烂打让驴格外愤怒，这里的比喻很传神，我们可以想象驴子有多生气。

想一想：

这是一只聪明的老虎，它经过细致的观察，作出准确的判断，再采取下一步的行动。关于老虎的成语可不少，咱们来整理几个带"虎"字的成语吧！

掩耳盗钟

春秋晚期的晋国，十几个大贵族为了争权夺利，打来打去，国君成了摆设。后来，其中的范家被打败，全族人只能逃跑，留下一个又大又豪华的房子。对手以国君的名义，查封了范家，派人把守着。

普通老百姓，根本不敢接近那房子。可是有个小偷，觉得机会来了，想去范家偷东西。他觉得范家以前很会搜刮老百姓，家里一定有不少宝贝。

这天，小偷趁看守不注意，翻墙溜进了范家。他很小心，一听到有动静就藏起来。结果他白钻了三十次床脚，因为他总

> 这段话写出了小偷的疑神疑鬼，实际上也为后面的"掩耳"和"盗钟"作了很好的铺垫。

觉得听见了看守的脚步声，但实际上根本没有人。后来，他干脆捂上了耳朵。这次他翻了三十次柜子，可一件宝贝都没找到。那些宝贝，早就被范家的对手偷偷运走了。小偷又来到后花园，发现一口青铜钟，这钟又大又重。

小偷见了很高兴，心想这回总算没白来。他忙去抱钟，可抱不动；去背钟，也背不动。他想来想去，想到一个好主意：把钟敲碎，先藏在花园里，然后再分几次搬回家，好当废铜卖。

小偷觉得自己聪明极了，就找来一把大锤，朝钟一砸，"咣"的一声，把他吓了一大跳。小偷这才想起，敲钟声传出去，不就等于告诉看守，有人在里面偷钟吗？他忙扑到钟上，想用双手捂住钟，可钟太大，怎么捂得住？怎么办？这下小偷急了，不由得捂住自己的耳朵："咦，钟声小了，几乎听不见了。"不过他还是不放心，先藏了一会，果然很久都没有人进来。

看来，幸亏自己捂耳朵及时，看守没有听见钟声。小偷又想到一个聪明的主意："只要把

> 1.青铜在当时特别稀少，做成的钟更是价值不菲。这个小偷居然想敲碎了当废铜卖，你觉得这主意怎么样？
> 2.钟声为什么小了？把自己的耳朵塞住，听不到声音的是谁？

耳朵捂住，不就听不见了吗！"他立刻找来东西，把耳朵塞住。他觉得这下谁都听不见钟声啦。小偷高兴地想着，放下心，更放开了手，抡起大锤，砸起钟来，一下，一下，又一下……

咣，咣，咣 咣 咣……钟还没砸碎呢，小偷突然看见：看守进来了。小偷吓得立刻闪开，藏到了旁边的花丛里，又用一块布把自己的眼睛蒙上。但他一点都不紧张，还得意地想："这下，看守就看不见自己啦。"

> 小偷刚才是"掩耳盗钟"，这时又开始"蒙眼躲身"。掩自己的耳朵、蒙自己的眼，别人怎么会听不到、看不到呢？

记一记：

这个故事里的小偷让我想起了《一叶障目》里的那位书生，真是愚蠢得可笑，这么做只能是自欺欺人。下面的成语都可以形容这位可怜又愚蠢的小偷，读一读、记一记。

自欺欺人　掩人耳目　盗钟掩耳　掩目捕雀

滥竽充数

战国时候，有个叫南郭先生的人，没有真本领，好吃懒做不干活，还喜欢吹嘘自己。而齐国国君齐宣王喜欢听吹竽——那时礼书上有个说法，说听竽有节俭爱民的意思，于是，齐宣王常常叫三百人一起吹奏。

礼书上说竽代表节俭爱民，齐宣王便让三百人来吹奏。这简直是极大的讽刺！如果真的节俭爱民就应该不大操大办。

南郭先生听到这个消息，很高兴，心想："这真是个发财的好机会，这么多人在一起吹，我装装样子就行了，谁会发现呢？"于是他跑到齐宣王那里，吹嘘自己是天下第一的吹竽能手，愿意把世上最美的音乐献给大王。

齐宣王听后，特别高兴，连试吹都没让南郭先生试，就让他加入了乐队。从此，南郭先生就混在这三百人里给齐宣王吹奏。三百人的大合奏，热闹极了，齐宣王觉得很有排场，很有面子，觉得天下都好像归顺了他，所以经常给乐队丰厚的赏赐。

但南郭先生压根就不会吹，也不肯学，只会装模作样。他常常躲在乐队后排，鼓着腮帮，捂着竽眼儿，偷偷瞧其他人是什么样子，自己就做出什么样。

> 留意南郭先生的动作、神态，他可真是个"戏精"，不懂装懂，装得比真的还像，看他能装多久。

到后来，他还装得真像，听到乐声悠扬时，也学着别的乐师，闭着眼睛，轻轻地摇着脑袋，装作很陶醉的样子；听到乐声激越时，他会睁大眼睛，身子也不停地晃动，装成很投入的样子。南郭先生靠弄虚作假享受着和大家一样优厚的待遇，得意极了。

可是好景不长，不久，齐宣王去世了。他的儿子齐湣王继位。这个齐湣王后来也是个很傲慢的君王，但当时"新王上位三把火"，他要改革。比如听音乐，就跟他父亲相反，要听独奏。他让乐师排着队一个一个地到他面前演奏。谁演奏得好，他就给予很多奖励；而一旦不合他的意，就打板子。

南郭先生吓坏了，他想，轮到自己演奏时该怎么办？就是那些挨打的乐师，至少会吹呀？自己完

> 做什么都要靠真本事，没有本事的人再怎么装也不会有好结果，最终总会暴露的。

全不会，肯定会被判欺君之罪，要杀头的。于是他假装拉肚子，然后从厕所逃走了，连一件行李都来不及带，没日没夜地逃出了齐国。最终他又成了一个穷光蛋。

比一比：

这篇故事适合对比阅读，咱们不妨通过列表来读懂故事内容。

	喜欢的吹竽方式	南郭先生的表现
齐宣王时		
齐湣王时		

不龟手之药

春秋时候，宋国有个家族，世世代代都靠帮人漂洗丝絮为生。这个工作很辛苦，特别是冬天，双手常会生冻疮，皮肤红肿、龟裂。后来，这个家族里出了个聪明人，发明了防治冻疮的不龟手之药。家族更是把药方当成传家宝和最高机密，传男不传女。

> 冻疮是一种多发生在寒冷季节的皮肤病，一般生于皮肤裸露在外的部分，如脸部、耳朵、手指、脚上等。

又是一年冬天，他们揽了很多活，早出晚归地在河边漂洗。一天，一个穿得严严实实的商人路过，看见他们，非常吃惊，因为他发现这些人的双手泡在冰水里，吹在寒风里，竟然没有冻疮，也没有龟裂。而他的手戴着手套，常常插在口袋里，还是生了冻疮，又疼又痒，正难受呢。商人很客气地向他们请教。宋国人起先不肯说。但商人说，如果告诉他的话，他愿意答谢一金。于是，宋国人就很神秘地告诉他，自己家有防治冻疮的祖传秘方。商人听了，眼睛一下子睁大了，提出想用一百金买下这个方子。

这个祖传秘方居然可以值这么多钱？会算一笔账的也许都会觉得这是一个好机会。到底商人为什么愿意花这么多钱呢？

这对这家人来说可是件大事。于是，整个家族的人都聚到一起开会。有人一算，他们漂洗丝絮，忙一年，不过数金。而现在卖这个秘方，一下子就能得一百金，相当于干了十几二十年。很快，他们一致决定：卖！不过他们对商人有个要求，那就是不能根据药方制成药，卖给其他漂洗丝絮的人。

商人听了，笑着说："你们放心，不仅漂洗的人，就是整个宋国的人，我都不会卖给他们的。"

他为什么不会卖给整个宋国的人呢？他到底想干什么呢？猜一猜，猜想也是一种很好的阅读方法。

商人说到做到，他拿到药方后立即赶了一千里路，到了吴国。吴王正愁到了冬天，他的军队，特别是水军，手脚生冻疮，战斗力下降呢。商人求见了吴王，说这不龟手之药是"驻军必备，打仗良方"。吴王接受了他的意见，封他为将军。第二年冬天，越国进攻吴国，发生水战，商人统率的吴国水军大败越国水军。吴王非常高兴,封赏给了商人一大片土地。

填一填:

在这个故事里,商人从＿＿＿＿＿＿＿＿＿(什么人手里)买来＿＿＿＿＿＿＿＿＿,花了＿＿＿＿＿＿；商人又卖给了＿＿＿＿＿＿＿(什么人),得到了＿＿＿＿＿＿＿＿＿＿＿＿＿。你觉得,这是一个＿＿＿＿＿＿＿＿＿＿＿＿＿＿＿＿＿＿的商人。

鹬蚌相争

战国时候，各国之间打仗打得没完没了。大国打小国，强国打弱国，连弱国之间也想争个高低。

有一次，赵国声称要攻打弱小的燕国。燕王赶紧委托一个叫苏代的人，到赵国去劝赵王不要出兵。

苏代来到赵国，赵王当然知道苏代来的目的，就对他说："苏代，你想劝寡人不出兵，不可能。"

苏代说："大王，我是来给你讲故事的。"

赵王哈哈一笑，说："说什么故事？还不是

> 赵王一眼就看出了苏代此行的目的，真不愧是个聪明人。想要说服聪明人，让他改变既定的行动可不是件容易的事。

劝我不出兵,我倒想听听,你能编个什么故事。"

于是苏代不慌不忙地讲起故事来:

"大王,我这次来赵国,路过易水,看见一只蚌在河边晒太阳,一高兴,就张开了双壳。这时,远处飞来一只鹬,它猛地将长嘴伸到壳里,去啄蚌的肉。河蚌急忙把壳儿合上,这下,鹬的嘴被牢牢夹住了。

"我听鹬对蚌说:'今天不下雨,明天不下雨,一定渴死你,到时我就吃你的肉!'

"蚌对鹬说：'今天不放你，明天不放你，一定饿死你，看你还吃不吃我！'

"就这样，它俩谁也不肯相让。这时候，走来一个渔翁，渔翁毫不费力地抓住了它们，一手提着鹬，一手拿着蚌，回家去了。"

故事讲完了，苏代停了一会，对赵王说："我总觉得现在的秦国就是那个渔翁。"

赵王笑道："我明白你的意思。你的话，让我想起一个人，以前，他也讲过一个类似的故事。当年，齐国想攻

> 鹬和蚌都只想到别人的下场，却没有想到自己的下场。要知道，退一步海阔天空！

打魏国，有人劝齐王说：'天下最擅长奔跑的狗，追逐天下最狡猾的兔子，它们你追我跑，你找我躲，绕着大山跑了三圈，结果兔子和狗都累死了。一个种田的人路过，不费一丝力气就得到了它们。'那人还说：'如果齐国攻打魏国，那么秦国就是那个农夫。齐王当年听了劝，今天，我也不糊涂。'"

最终，赵王放弃了攻打燕国的计划。

秦国是那个渔翁，那鹬和蚌又分别是哪两个国家呢？

画一画：

 这个故事里包含着几个小故事，其中苏代讲的故事和赵王讲的故事有异曲同工之妙，请你分别抓住故事的主要角色，画张思维导图。

歧路亡羊

古时候,有个人名叫杨朱,他很有学问,大家都尊称他为杨子。

一天,杨子正在教学生功课。这时,邻居家来了个小孩,请杨子的童仆帮忙。原来,邻居家丢了一只羊,打算召集全家老小和邻居好友们一起去找。

杨子听了,说:"只是丢了一只羊,为什么要派这么多的人去找?"邻居家的小孩说:"爹爹说,岔路多,人少了派不过来。"杨子觉得这话有理,就让童仆跟着去了。

邻居带着一百多人,热热闹闹、浩浩荡荡地离开了村子,大家都坚信这么多人帮忙一定能找到羊。没多久,就遇到了岔路,于是他们立刻分成了两队,各沿一条路走,分开前还约好要比一比，看哪一条路的人先找到羊。之后，每遇到岔路，大家就会分成两队。就这样，一队分两队，两队分成四队，四队分成八队……最后分成了一百多队，每队都只剩下一个人。

可是后面依旧会出现岔路，而这时，大家只能打赌似的选择一条路。就这样，找了大半天，谁都没有找到羊。最后大家只能不甘心地回了家。

童仆回来后，杨子见大家都默不作声，心里已经猜到了七八分。不过出于关心，他还是问了问邻居："羊找到了

吗？"邻居摇摇头。杨子说："为什么没有找到呢？"邻居说："岔路实在太多了，我们分开找。可最后每个人还要面对很多岔路，不知道往哪条路找才好。"

这个按岔路分配人力的方法看似不错，但的确不算最好的办法。你能给村子里的人什么好的建议吗？

杨子听了，心情也变得沉重起来。他眉头紧锁，一言不发，脸上没有一丝笑容，比邻居还难过。他的学生觉得很奇怪，问道：

"一头羊并不怎么值钱,而且又不是先生您的,您为什么这样闷闷不乐呢?"杨子没有回答,他心里想:探求真理如果迷失了方向,是不是也会无功而返?应该什么时候让学生明白这个道理呢?

填一填:

　　杨子闷闷不乐倒不是因为村里人没有找到羊,而是因为担心 _____。

悟一悟:

　　哲人往往能从平常的小事中发现一些深刻的道理来。下面是孔子的发现,读一读,想一想,悟一悟。

　　　　水奔流不息,是哺育一切生灵的乳汁,它好像有德行。水没有一定的形状,或方或长,流必向下,和顺温柔,它好像有情义。

塞翁失马

古时候，靠近北方边境处，住着一个老人，他家养了一匹马。有一天，他的儿子在草原骑马，跑得一高兴，不知不觉到了边境。儿子下马休息时，那马看到边境外有一群胡人的马，兴奋地跑了过去，不管儿子怎么喊，就是不回来。

儿子不敢越过边境找马，只好垂头丧气，走了一天一夜，才回到家。一到家就哭丧着脸，把这件事告诉了父亲。而他自己，气得在床上躺了三天。

朋友们听说后，纷纷来安慰他们，可老人却说："没什么事，就是我儿子太放不开，依我看，这不一定就是坏事。"大家都认为他这么说，是为了宽儿子的心。

没想到三个月后，他家的马竟然回来了，还带回了一匹难得一见的好马。这让儿子高兴得三天都没睡觉。朋友们又都来道喜，但老人面带忧愁地说："谁知道这会不会是一个祸患呢？"

> 读到这里，你一定发现了一个秘密，那就是老人的想法和大家的想法总是不太一样，而且结果往往也被老人言中。这样的对比，突出了老人的理性与深刻。

自从有了好马，儿子天天骑，到处炫耀，还喜欢同人赛马。结果六个月后的一天，儿子骑马摔折了腿，要在床上躺六个月。朋友们都很同情他，又来向老人表示慰问。但老人很平静，说："谁知道这会不会变成一件好事呢？"

一个月后，胡人入侵，朝廷征兵，边塞的青壮年男子全都带着弓箭上了战场。战争非常激烈，指挥官又很愚蠢，出征的士兵绝大部分都阵亡了。而老人的儿子因为腿摔断了，没有被拉去打仗，父子俩的性命都得以保全。

> 摔断了腿多不方便啊！难道接下来摔断腿也会变成一件好事？老人用反问的语气表达的是一种肯定，真让人匪夷所思，你说会有什么好事发生呢？

填一填：

老人的儿子所经历的一件件事让人的心情起起落落，让我们一起来重新回顾梳理所有的事。

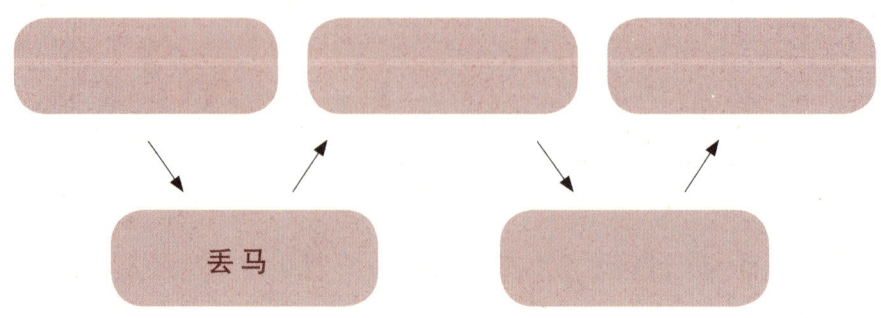

蓬头跣足

很久以前，鲁国有一对夫妻，靠编草鞋、织白绢过日子，他们的手艺非常好。丈夫编得一手好草鞋，又密又结实，穿起来很舒服，所以有很多回头客。妻子织的白绢，更是不得了，又薄又细，简直可以作为当时薄绢的名牌产品"鲁缟"的代表。他们的产品卖得很好，所以日子过得也很不错。

> 这段话围绕"手艺好"这个中心，通过直接描写和间接描写相结合的方法，写得具体饱满。

可是，不知为什么，有一天，他们突然决定要搬到越国去。

朋友听说了，赶来劝他们，说："你们到了越国，举目无亲，生活会很困难的。"丈夫听了，笑道："没关系，我编鞋的技术，那可不是吹的。我的鞋，连郑国人都买。我想，只要有真本事，到哪里都有饭吃！"

朋友急切地说："你们不知道，越国人不穿鞋，都习惯光着脚走路，你编的鞋再好，也不会有人买的。"

妻子听了，问道："那我织的绢，应该没问题吧？肯定可以卖得很好的！大家不是都喜欢用我织的白绢做帽子吗？而且，'鲁缟'天下闻名，我们鲁国人去了，一定会受欢迎的。"

朋友的头摇得更厉害了，说："这更不行了，越国人不戴帽子，就喜欢披头散发，你做的帽子，就是堆成山，也卖不出去一顶。"接着，朋友叹了口气，说："虽然你们的手艺都很好，可是你们去一个用不着这些手艺的地方，想要过上富足的生活是很难的！"

可是，那对夫妇并没有听朋友的劝告，坚持搬去越国。至于他们后来过得怎么样，有很多种说法。有人说：他们搬到越国后，真的一双鞋、一匹绢都没卖出去，不得不一路乞讨，灰溜溜地回到鲁国。有的人说不是这样的，他们俩本想回鲁国，但后来，丈夫决定跟越国人学习，不编草鞋，改编草席，妻子把织的绢改做缟衣，日子还算过得去。更有人说，他们竟然让越国人穿上了鞋，戴上了帽，最后成了大商人。

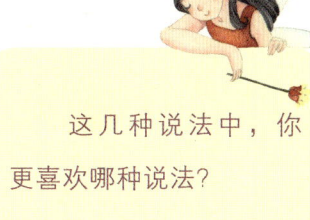

这几种说法中，你更喜欢哪种说法？

想一想：

下列做法你更支持哪个？在你喜欢的做法后面打"√"，再跟家长分享你的想法。

1.夫妇俩不应该去越国，做人就应该安于现状，懂得满足。（　　）

2.夫妇俩应该去越国，做人应该勇于开拓，敢于挑战，不能安于现状。（　　）

3.如果来到一个陌生的国家，别人不接受你的产品，就应该放弃，改做别的。（　　）

4.如果来到一个陌生的国家，别人不接受你的产品，就应该坚持，哪怕日子再清苦。（　　）

智子疑邻

春秋时候,宋国有个富人。有一天,下了很大的雨,把他家后院的半面墙都冲塌了。

他的儿子看见了,便跑去告诉他说:"我们家的墙被雨冲坏了,如果不修好,小偷一定会钻进来偷东西的。"富人便跑去看那面墙,正好邻居带着孙子路过,对他说:"这墙塌了,要赶紧修好,不然的话,小偷会钻空子的。"富人听了,满心不高兴,心想:"这个家伙,没一句好话,就会诅咒别人家被偷,肯定是眼红我家有钱。"富人越想越气,赌气决

定不修墙。

晚上，果然有小偷溜进了他家，偷了好多东西。第二天，富人发现后，又后悔又心痛。儿子也责怪他，富人只好说："儿子，你真聪明，都怪我，没听你的话。小偷真可恨！"

"那小偷会是谁呢？"富人一边想一边胡乱猜起来，"有谁知道我家墙塌了呢？隔壁的老头！对，一定是他偷的！"从此以后，他怎么看，都觉得隔壁的老人像

人家好心提醒，富人却觉得是诅咒，真是狗咬吕洞宾——不识好人心！

小偷，一年都没跟那老人说过话。

后来有一天，他的斧子突然不见了。恰好，前些天邻居家的小孩跟爷爷吵着要玩斧子。这下，他气坏了，心想一定是那个小孩偷的。于是他决定找出证据，等那个小孩拿出斧子玩时，抓他一个现行，新账旧账一起算。

从此，他每天都暗暗地注意邻居家的小孩。在他眼里，那个小孩走路，就像偷过斧子的人在走路；那个小孩说话，就像偷过斧子的人在说话；连那个小孩哭，也像偷过斧子的人在哭。总之，在他的眼睛里，小孩的一举一动，都像是偷过斧子的人做出来的。

又过了几天，他去地里干活，在一个草堆边找到了那把"被偷"的斧子。他猛地想起，自己前些天干完活回家，把斧子落在了草堆边。

从此，他再看那个小孩，丝毫不像偷过斧子的样子，而且觉得小孩的爷爷也不像小偷了。

填一填：

心理认知真是太关键了！文中的富人心里认定了两件事：一是_____；二是_____。

读一读：

生活中，我们要带着阳光的心态去看待事实，不能戴有色眼镜，对别人有偏见。读读下面的名言，相信你会更有感悟。

解放思想，就是使思想和实际相符合，使主观和客观相符合，就是实事求是。

——邓小平

凡在小事上对真理持轻率态度的人，在大事上也是不可信任的。

——爱因斯坦

假的虚的即使掩盖一时，经过实践，总是会被揭露出来的。

——华罗庚

郑人买履

春秋时候,有个郑国人,在家什么事都不做,他说自己的学习时间很紧张,以后还要治国平天下,没空过问家务事。还好,家人都照顾他,他也没出什么笑话。

可是,有一次,家人要外出干三天活,就留下他和一条狗看家。家人给他留了够吃两天的饼,因为第三天正好是八大爷的生日,便让他去拜寿。

家人走后,郑国人带着饼,在外面玩了一整天,晚上回

家，门都不关，直接奔向床，踢掉鞋子，衣服也不脱，倒下就睡。

谁知，他踢飞的鞋，一只正好从窗口飞了出去，落进了河里。另一只呢，正砸中了躺在旁边的狗。这只狗饿了一天，主人也不喂它。它很生气，就衔着那只鞋，扔到了门外。

第二天，郑国人醒来，鞋子找不到了，于是就在床上躺了一上午。到中午时，他突然想起，明天还要去八大爷家做客呢，光着脚去可不好，得买一双鞋。可是怎么买？他翻遍了家里的书，可没有一本书教人买鞋。还好，他记得家人说过，买鞋子，尺码要对。于是，他找来一把大木尺，来量自己的脚，大脚趾到脚后跟是多长，小脚趾到脚后跟是多长，脚的前面、中间、后面是多宽，都反复地量，生怕有

> 他较真吗？很较真。可是你有没有觉得这种做法有什么不妥？想一想、说一说。

误差。那小狗看了,还以为他想啃自己的脚呢。

> 一定要拿尺子吗?真是呆子。要是你,你会怎么办?

每量好一处,他就在木尺上刻好记号。两只脚都量好了,那尺子上的记号也刻满了。他随手把尺子放在座位上,心满意足地去拿饼吃。依然没喂小狗,小狗很生气,偷偷把尺子衔到了一边。吃完饼,郑国人便光着脚上街,打算买双鞋。

市场上,有好多卖鞋的,

他选了半天，太阳都快落山了，终于挑中了一双，这双鞋，能配得上他到八大爷家拜寿。可合不合脚呢？一想到这儿，他一拍脑袋："糟了，不得了，我忘带尺子了！"他扔下鞋就往家跑，卖鞋的人看得莫名其妙。郑国人回到家，找到尺子，又急匆匆地往集市赶。等他赶到的时候，集市已经散了。他只能光着脚，失落地回了家。

第二天，他穿上了隆重的礼服，光着一双脚，去八大爷家拜寿。大家看了都觉得好笑。八大爷说他家有多余的鞋，可以送他一双。郑国人听了，非常高兴，

站起来拱手对八大爷说:"谢谢八大爷,那我这就回家,把尺子拿来,好好量一量,哪一双合适。"八大爷听了,奇怪地问:"你用脚试一试不就知道了吗?"可是,郑国人却一本正经地说:"我在尺子上刻好了记号,非常准确,用它量出的鞋子一定合脚;而我的脚,不太可靠。我是一个做事很有原则的人,我现在就回家拿尺子。"在场的人听了,都哈哈大笑起来。

> 买鞋时出的一次糗还不够大,在寿宴上,他又重蹈覆辙。这就是故事表达的精彩,用反复突出了这个书呆子之呆——只信尺码不信脚。

学一学:

其实,故事里有好多侧面描写表现了他的不知变通、认死理。找一找,体会一下,学习学习这样的表达方法。

馋酒的猩猩

有一群猩猩很喜欢喝酒,还喜欢学人穿草鞋。可就是因为这些爱好,很多猩猩都被猎人抓走了,它们也记住了一代又一代猎人的名字,并传下两大祖训:一、不能喝猎人的酒;二、不许学人穿草鞋。

这一天,它们经常玩的地方又出现了酒坛。一闻,满鼻子都是诱人的酒香。酒坛旁边放着大大小小的酒杯,不远处还有许多草鞋被一条长线连着。很显然,猎人又在打歪主意了。

一只老猩猩咽了咽口水,对大家说:"又是该死的猎人干的。""对,猎人就在附近,我们千万

> 这时,猩猩们最应该做的事是什么?如果你是其中的一只,你会怎么办?

不能上当！"可大家舍不得离开酒坛，于是就叫着一代又一代猎人的名字，把他们骂了个遍。猩猩们越骂越痛快，骂得口都渴了。

它们都盯着酒，有只猩猩轻声说："太渴了，是不是可以尝上一点，解解渴？"老猩猩想了想，说："我们喝一小杯就走，气死猎人！"

于是，猩猩们拿了最小的杯子喝了一口，喝后破口大骂，扔掉酒杯就往回走。可它们没走几步，就听老猩猩说："我们喝了就走，不就没事了吗？不如再喝一杯，喝了这杯一定走。"于是，它们又返回去。拿起第二小的杯子喝酒，喝完就骂，骂了就走，走几步又回去……就这样，从小杯换成中杯、较大杯、大杯……它们越喝越高兴，越喝越大胆，拿起最大的酒杯大喝特喝。

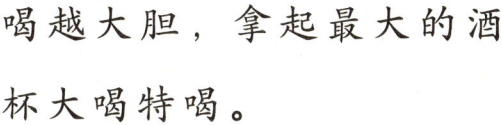

人的欲望也是一样，从一口到一杯，从小杯到中杯。一开始都以为自己能管好自己，事实上，最好的管理方法就是一开始就不被吸引。

不一会儿，它们就喝醉了，笑的笑，闹的闹，快活极了。老猩猩又穿上了草鞋，大家也纷纷穿了起来，正好排队"开火车"。这时猎人跑了出来。稍微清醒的猩猩立即逃跑，可脚上的草鞋连在一起，才转身就摔倒了，结果乱作一团，许多猩猩又被猎人抓走了。

判一判：

读下面的句子，判断正误。

1.猩猩们留下的祖训是：一、要少喝猎人的酒，二、不许学人穿草鞋。（　　）

2.其实猩猩们少喝点酒也是没关系的，不会被猎人抓住。（　　）

3.猩猩们只喝酒，不穿草鞋也还是安全的。（　　）

4.只要一喝酒，就必然会不断地犯更多的错误，所以猩猩们的问题是贪酒。（　　）

5.猩猩们被猎人逮住的根本原因是它们贪婪无知。（　　）

桑中生李

古时候，有一个人叫张助。他种田的时候，捡到一颗李子，本来想带回家玩，不过他看见田边有棵桑树，根部有个空洞，里面还积了些土，就将李子核扔进了桑树洞，浇了一点水，施了一点肥，离开了。

不久，张助到外地做生意去了，也忘记了这件事。而那李子核呢，竟然发了芽，长出了树苗。附近的人们一看，桑树里长出了一棵李树，觉得非常神奇。渐渐地，这件事就传开了。

有个人正害眼病，他路过的时候，就坐在树旁休息。他想，这棵李树这么特别，说不定能保佑自己，让眼睛好起来。而且，只是许个愿，也没什么损失。于是，他就开玩笑地对李树说:"李树呀,你如果能医好我的眼病,我就献给你一头小猪。"几天后,他的眼睛慢慢好了。

> 为什么许了愿眼睛就真的好了呢?如果不还愿李树的话,真的会受到惩罚吗?这就是所谓心理作祟呀。

这个人觉得很神奇,心想:难道真的是李树精显灵,治好了自己的眼疾?又怕如果自己不去还愿李树精会惩罚自己。他这么一想,突然觉得眼睛又不舒服了。于是,他赶紧借钱,准备了一头猪,带着人敲锣打鼓,到了李树旁,放起了鞭炮,给李树挂上了红彩头。等他给李树磕完头后,顿时觉得自己的眼睛好了,就大声说:"神树啊,真是神树!"

附近的人都来看热闹，回去后，大家都在传这棵李树的神奇。

从此以后，这棵李树前可热闹啦。许多人带着祭品到这里来许愿。甚至有些达官贵人，坐轿的坐轿，乘马车的乘马车，从几百里外赶来，跪在李树前，请它保佑自己升官发财。

事有凑巧，本地的县官去给丞相送礼前，在李树前许了愿："如果李树保佑自己升了官，就给李树修一座庙。"结果，他送的礼打

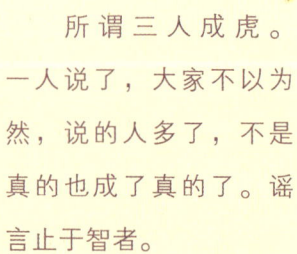

所谓三人成虎。一人说了，大家不以为然，说的人多了，不是真的也成了真的了。谣言止于智者。

动了丞相,他的官真的升了一级。县官一高兴,下令全县的老百姓,自愿捐款,准备建一座豪华的李树庙。

这时,张助回来了,听说了这件事,觉得非常荒唐,于是连夜砍掉了那棵李树。

填一填:

那个害眼病的人,觉得是在李树前许的愿让李树显灵,保佑他的眼睛恢复了。聪明的你想对他说:

_____

_____

你想对那个县官说:

_____

_____

涸辙之鲋

庄子家又缺粮了,他想起那个自称乐善好施的监河侯。这个管理河道的官正忙着卖自己家快要烂掉的粮食呢。于是,庄子便想去监河侯家借一斗小米,好应付半个月。

庄子毕竟是个有名的学者,监河侯听说后,答应得非常痛快,说:"莫说一斗,就是十斗,我也愿意借给先生。"

庄子听了很高兴,连忙解开口袋,准备装粮。可这时,监河侯却支支吾吾地说:"这样吧,等我收到地租后,借给你三百金,怎么

> 1.这个监河侯可真慷慨啊!真替庄子高兴,这下不用再为粮食发愁了。
>
> 2.本来只要一斗小米,监河侯居然说收到租金后再借给庄子三百金。庄子真的是遇上大好人了吗?带着怀疑一起赶快往下看!

样?"这句话,乍一听没有问题,而且显得监河侯更大方。三百金,够庄子吃几辈子了。

但聪明的庄子一听,就知道监河侯这个吝啬鬼,根本不想借他粮。于是,庄子不露声色地给监河侯讲起了故事。

庄子说:"我昨天在路上,突然听到有谁在呼喊。我环顾四周,左看右看,结果看到,路边一条车轮轧出的沟里,积水已经干了,一条鲫鱼在喊救命。"

监河侯才不信呢,说:"胡说,鲫鱼怎么会说话?"

庄子并不理他,继续说:"我问鲫鱼:'鲫鱼啊,你在做什么呢?'鲫鱼回答说:'我原来住在东海,不小心被困在车

辙里了,请你救救我!'"

监河侯问:"那你救它了吗?"

庄子说:"我掏出水壶,喝了一口水,然后对它说:'可以,我正要去南方游说吴、越两国的国王,我可以劝他们开通一条运河,把西江整条江的水引来救你,可以吗?'"

监河侯听了感到非常好笑,说道:"你水壶里的水不就可以救急吗?"

庄子看了他一眼,说:"是啊,鲫鱼听了,非常生气,它说:'我只要得到一升半

刚刚还不信地问庄子鱼怎么可能说话,这会儿就已经上了庄子的当了。在质问的时候,监河侯完全忘记自己刚刚的处理方式了,真是可笑。

斗的水就可以活，你何必说大话骗我呢？还不如早点到卖鱼干的店铺去找我呢！'"监河侯这才明白庄子是在讽刺他，羞得无地自容。

读一读：

庄子，本名庄周，是战国中期著名的思想家、哲学家和文学家，先秦七子之一。他是道家学派的主要代表人物之一，创立了哲学学派庄学，与老子并称为"老庄"。

庄子善用比喻，在这个故事里，他作了生动的比喻，借鱼儿求救不得来讽刺吝啬的监河侯。参考下表，你可以更清晰地理解故事。

庄子借米	监河侯不给米，答应收租后给金。	本质是不借
鱼儿求水	庄子不给水，答应开通运河后引水。	本质是不帮

纪昌学箭

听说过射箭能手吗?你觉得能称得上射箭能手的是怎样的人?

从前有个射箭能手名叫纪昌,他射箭很厉害,但他听说飞卫更厉害,于是就和邻居约好,一起去拜飞卫为师。

但没几天,他们就回了家。这天,家里妻子正在织布。纪昌一言不发,躺在了织布机下。家中小猎狗觉得很新鲜,也趴在他旁边。

妻子很好奇:难道师父不收,他气傻啦?

邻居说,他们赶了五天路才见到飞卫。可飞卫就说了一句话:"请先学会不眨眼,然后再来谈射箭。"

纪昌当了真,还想到个好主意:妻子织布时,会不停地踩动脚踏板。他便紧盯着脚踏板看，练习不眨眼。

从此，妻子一织布，他便专盯脚踏板。起初小狗还陪着他，但一会儿就觉得无聊，自己玩去了。而邻居却认为，本来自己射箭已经能十中七八，可老师还在管什么眨不眨眼！于是到处传："纪昌认了一个傻师父，正在学傻呢。"

但纪昌并不理会，坚持练了两年。为了检验自己不眨眼的水平，他叫妻子用锥子慢慢刺向他的眼睛，直到自己眨眼才停下。终于有一天，妻子手中的锥子尖一直刺到眼眶边。小狗看了都叫了起来，而纪昌的眼睛眨都不眨。但他的邻居说："这与射箭有什么关系？"

这下飞卫可以教自己

"紧盯"是怎样的看？你也学学纪昌"紧盯"一样东西，"练习不眨眼"，说说那是一种怎样的感觉？

作为纪昌的妻子，看在眼里，心里一定有很多话想对纪昌说，她可能会说些什么呢？

射箭了吧,这样想着,纪昌便独自去见飞卫。

这次飞卫说了两句话:"还不行,你还必须练习眼力。要练到看小的东西像看到大的,看细微的像看到明显的,然后再来找我。"

纪昌回家后,从邻居身上捉了只虱子,又找了根牦牛尾巴上的毛系上,挂在窗口,天天盯着看。

此时小狗已长大,它陪纪昌看了三眼,觉得很无聊。而邻居也有了新笑话,说纪昌"傻"无止境。

想象一下,纪昌在练习的时候会怎么样?心里会怎么想?

纪昌并不管这些,天天盯着挂着的虱子看,从不间断。十天后,纪昌眼中的虱子已经有长脚蚊子那么大了;一年后,虱子在他眼中已有盘子那么大了;三年后,他看到的虱子已经大得像车轮。那只没耐心的狗,在他看起来,早先像跑来跑去的房子,现在就像跑来跑去的小山。从此，他只要特意看什么，什么就可以变得很大。

于是，纪昌找来一把好弓，搭上一支好箭，远远站定，瞄准虱子，嗖的一声，那箭尖从虱子中心穿过，而那根牦牛毛却没有断，依然挂着。纪昌的邻居看了都惊呆了。

纪昌高兴地去找飞卫，猎狗也跟着去凑热闹。谁知飞卫听了，放声大笑，还一个劲地鼓掌。

飞卫对纪昌拱了拱手，高声说："纪昌啊，射箭的绝招，你已经学到了！"

从此，纪昌成了远近闻名的神射手。

而他的邻居，一有机会就向人炫耀："纪昌学箭的时候，我可帮了大忙呢！"

说一说：

1.纪昌是怎么学习射箭的呢？试着说说故事的主要内容。

纪昌向_____请教，先_____，再_____，最后成了一个_____的射箭能手。

2.飞卫为什么让纪昌先练眼力呢？这两次练眼力有什么不同呢？仅仅学习射箭需要这样吗？

_____
_____

写一写：

读完故事，你觉得纪昌"傻"吗？他的"傻"是指什么呢？你有什么收获吗？请简单写一写。

_____
_____

曾子杀猪

曾子，名叫曾参，他是大圣人孔子的得意门生，道德修养非常高，被后人称为宗圣。

一天，天气晴朗，曾子的妻子准备上街买东西。刚要出门，儿子就追出来，拉着妈妈的衣角，吵着要跟去，还要妈妈背。家里的小狗，也跟上来凑热闹。妈妈怎么劝儿子也不听，还施展了绝招：哭哭功。可那天妈妈要办的事情实在太多，要赶时间，于是她对儿子说："你先回去，只要乖乖地待在家里，我回来就杀猪给你吃。"

这句话果然管用，儿子立刻就不闹了，

> 你听说过孔子吗？他是我们中国古代的大思想家、政治家、教育家，被后世尊为"孔圣人"。曾子，是孔子晚年弟子之一，也是大思想家，被尊为"宗圣"。

就连小狗也高兴得直摇尾巴。那时候，老百姓要吃到一顿肉，可不容易，除非是逢年过节。而曾子家养的那头小猪，就是准备过年吃的。

儿子想着有肉吃，小狗想着有骨头啃，一起快快乐乐地回了家。儿子对爸爸说："妈妈说了，今天我只要不当跟屁虫，她回来就杀猪给我吃。"曾子只是笑了笑，就继续温习功课了。

儿子和小狗在家里玩，每隔一会儿，就会跑到村口望一望，盼着妈妈回家。终于，妈妈回来了。一看见妈妈，儿子大老远就欢呼起来，小狗也欢快地叫着。曾子听到了，丢下手中的书简，去找绳子。

妈妈一进门，就看见曾子在猪圈里抓猪，连忙去劝阻："我只是和儿子开个玩笑，你怎么当真了呢？"一听这话，儿子马上像泄了气的皮球，小狗也像挨了霜的狗尾巴草——蔫了。

曾子却说："对小孩也不能说话不算数啊。我们现在骗他，等于告诉他可以骗人，而且以后他也不会再相信我们了。"妻子听了还是有点舍不得，曾子继续说："我每天都反省自己，是否诚实守信，对小孩也应该这样。这猪杀了是可惜，但我们必须说到做到，以身作则。"妻子终于答应了。

> 反复读读曾子的话，想一想，你觉得他说的话有道理吗？为什么？

讲一讲：

练习把这个故事绘声绘色地讲出来。

画一画：

试着给这则寓言配上相应的连环画吧！

熟能生巧

北宋有个陈将军,很善于射箭,自称"小由基"。他觉得像自己这么会射箭的人,世界上没有第二个。别人看了他射箭,常夸他超过了古代的神射手,如飞卫呀,纪昌呀,养由基呀,李广呀,他听得飘飘然的,心里舒服极了。

> 陈将军"飘飘然",他心里可能怎么想?

有一次,陈将军在自家的箭场射箭。这一次,他还刻意加大了难度,在靶前不远处,对着靶心挂上了一枚大铜钱。此时,一个卖油的老翁正好路过,就放下了担子,站在那里,斜着眼睛看他射箭。陈将军一连射了十箭,其中八九支都从那铜钱孔中穿过。周围的人都大声叫好,赛飞卫呀,超纪昌呀,当今养由基呀,新李广呀,说了一大堆动听的封号,陈将军得意极了。

可是,那个卖油翁只是微微点了点头。陈将军看了,非常不高兴,就不满地问卖油翁,道:"你难道很懂射箭?我的箭法不高明吗?"卖油翁笑笑说:"这没有别的奥妙,不过是手法熟练罢了。"陈将军本来脾气就有点不好,这下更是气坏了,愤怒地说:"你怎么敢轻视我射箭的本领!"周围的人都替卖油翁着急起来。

> 陈将军的箭术很好,从哪里看出来?卖油翁和在场的人态度有什么不同?

老翁平静地说:"凭我倒油的经验,就可以懂得这个道理。"接着,只见他拿出一个葫芦,放在地上,又

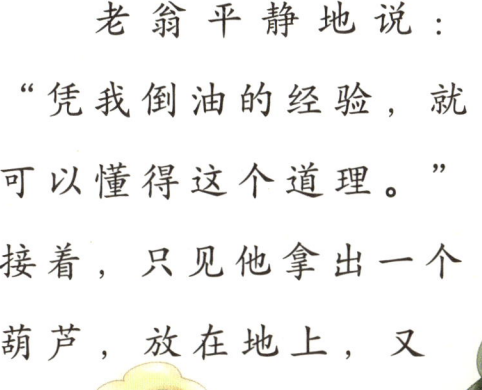

掏出一枚小铜钱，盖在葫芦口上，然后用勺子舀了一勺油，慢慢地把油注入葫芦，油全从钱孔注入，而铜钱一点儿没被打湿。

卖油翁抬起头说："这其实也没有什么别的奥妙，不过是熟练罢了。"陈将军见了，笑着客气地送走了卖油翁。从此不再骄傲，而是更认真地练习射箭了。

> 卖油翁对自己的本领态度怎样？他认为自己有这个本领是因为什么？

写一写：

陈将军和卖油翁各自的"绝活"是怎么获得的？给你什么启发？简单写下来。

讲一讲：

你也能举一个熟能生巧的例子吗？和同学交流交流。

不吃嗟来之食

有一年，齐国发生了大饥荒，路上已经有人饿死了，官府还不救济。不过，有一些富人，在路边设置了救灾点，向饥民发放食物。其中有一个富人名叫黔敖。

刚开始发食物时，他对饥民很客气。于是许多人都对他感恩戴德，黔敖也觉得自己是个大善人，对饥民有恩，心中很得意。

可是后来，饥民越来越多，有的人实在饿坏了，领取食物时不讲秩序，争争抢抢，闹哄哄的。甚至有的人还冒充饥民，反复地领。黔敖的仆人喉咙都喊破了，场面依然乱糟糟的。渐渐地，黔敖对饥

> 黔敖"心里很得意"，他为什么得意呢？他可能会想什么？

民也没了好脸色。

有一天,黔敖又在路边发放食物,没过一会儿就围上来一群饥民,几下就抢走了一大半。黔敖的仆人又叫唤起来,甚至骂他们是饿死鬼投胎。

这时,有个人用衣袖蒙着脸,穿着破烂的鞋,有气无力地走着。但他并没有朝救灾点走来,而是自己走自己的路。

黔敖看见了,觉得这个人与众不同。于是他破例亲自动手,左手端着食物,右手端着汤,对那人喊道:"嗟!来吃!"可那个饥民并没有理他。仆人以为那人没听见,于是提高声音道:"喂,来吃呀!你没看见我家主人赏饭了吗?"

这个人"与众不同"在哪里呢?

这时,那个饥民抬起了头,并不看那仆人,只是朝黔敖看了看,眼中一下有了神。

黔敖没说什么话，但心里有些不屑：刚才看起来好像很特别，结果还不是一样，有吃的就行了，还摆什么架子？

谁知那个饥民摇了摇头，说："我正是因为不吃嗟来之食，才落得这个地步！"他虽然说一句话要费好大的力，但态度很坚决，"如果要接受轻蔑，接受侮辱……我宁死不吃。"他说完这话，一步也不停，转身走了。

黔敖听了他的话，不由一愣，等他反应过来后，连忙追上前，连说对不起。但那个人依然不回头，结果就饿死在了路上。

> 黔敖"不由一愣"，这时，他还可能在想什么？

曾子听说这件事后，长叹一声说："恐怕不用这样吧！黔敖无礼呼唤时，当然可以拒绝；但他道歉之后，仍然可以去吃。"

写一写：

你是怎么看这个"与众不同"的人的做法的？你同意最后曾子的说法吗？把你的想法简单写下来。

_____

_____

讲一讲：

试着把这个故事讲给爸爸妈妈听。

阅读向导的话（写给老师与家长）

寓言很美，美在简洁；
寓言很美，美在有趣；
寓言很妙，妙在深刻。

中国古代寓言故事既"美"又"妙"，它是一座穿越时空的桥梁，用简单明了却又不乏内涵哲理的故事，给我们呈现了古代五光十色的生活百态，让我们见证了古代劳动人民的文化追求与思想智慧。

著名儿童文学家严文井说："寓言是一个魔袋，袋子很小，却能从里面取出很多东西来，甚至能取出比袋子大得多的东西。寓言是一个怪物，当它朝你走过来的时候，分明是一个故事，生动活泼；而当它转身要走开的时候，却突然变成了一个哲理，严肃认真。"所以，无论是孩子，还是家长、老师，都应该静静地打开中国古代寓言故事，在穿越故事现场中收获人生的智慧。

那么，怎样引领孩子更好地去读这本书呢？

寓言一般由故事和寓意两部分组成，所以我们可以从寓言故事的特点展开阅读思考。

读故事。寓言故事一般不同于童话故事，它情节比较简洁，我们可以引导孩子抓住故事的角色和事件，以起因、经过、结果为要素，把握住寓言故事的主要情节。比如读《以德报怨》，可以让孩子抓住三要素说一说，楚国人做了什么

（起因）、魏国人做了什么（经过）、最后的结局是什么（结果）。

明寓意。有些寓言故事的最后会有一段精辟而深邃的寓意，对整个故事而言绝对是画龙点睛，对孩子们而言更是一种由具象到抽象的概括与提升。如若故事最后有这样的一段寓意，我们就可以让孩子读一读、说一说，直接分享寓意。也有些寓言故事把想说的哲理融入故事人物的对话或行为中，需要读者读完后再自己思考归纳。如果是这样，那我们就可以和孩子一起问一问、聊一聊。如《以德报怨》的故事，我们可以问以下几个问题：对楚国的骚扰行动，魏国人提出了两种解决方案，你更赞成哪一种？为什么？

创方式。除了关注故事内容，做好阅读指导，我们还可以用丰富的阅读方式来激发孩子们的阅读兴趣，使他们有阅读收获。可以让孩子们带着问题来读，进行质疑式阅读探究；可以通过主题辩论的方式，引导孩子进行思辨与抉择；可以指导孩子联系生活现实进行反思式阅读，从读故事到读懂故事，到联系现实，让每个故事发挥更大的价值……

寓言故事短小，往往里面的角色较少，内容简洁单一，我们可以指导孩子通过增加情节和添加角色，进行多角度叙述，续写、改写寓言故事；还可以带着孩子制作读书卡片，记录下自己阅读的点点滴滴；老师也可以在班级里举行寓言故事交流会，让孩子们分享自己最喜欢的寓言故事；还可以通过观看古代寓言故事的相关动画片或演绎古代寓言故事课本剧进一步激发孩子们的阅读兴趣。

《中国古代寓言》中的故事，每一个都闪烁着智慧的火花，寄托着哲理，让我们和孩子一起遨游在中国古代寓言的海洋里……

快乐收获

一、回顾与梳理

1. 我们读这本书时，可以制作一张张"《中国古代寓言》故事阅读卡"，一边阅读一边记录，完成后还可以和小伙伴分享呢！

《中国古代寓言》故事阅读卡			
寓言故事名称		主人公	
故事梗概			
蕴含道理			

2. 人们喜欢读寓言，因为寓言中的智慧，给人带来无穷的启迪。你还可以设计一张这样的学习启示卡，写一写读懂的道理，写一写你想到的人和事，可以把这张卡留给自己，也可以

送给同学或家人。

《中国古代寓言》学习启示卡	
寓言故事名称	
最令你印象深刻的人物	
他（她）令你想起了生活中的谁？为什么？	
你想对主人公说些什么？	

3.你知道吗？汉语中很多成语就来自这些寓意深远的寓言故事。请根据下面提示来猜一猜是哪个成语？也可以和小伙伴玩一个"你说我猜"的游戏，猜猜别的成语。

（1）郑国人原本打算进城买鞋，可是因为忘记了尺码，空手而归。（　　　　　　）

（2）一个人总是担心天会塌下来。（　　　　　　）

（3）农夫担心禾苗长得太慢了，顶着太阳将每棵禾苗都拔高了，结果禾苗全都枯萎了。（　　　　　　）

_____
_____
_____
_____

4. 读读下面这些词："大山、舞动、绕路、阻挡、召集、后退、劝告、粉碎、感动"，让你想到了哪一个寓言故事？请根据这些关键词，试着讲讲这个故事。

抓住关键词讲故事，是一种很好的方法哟！请再试着找找其他故事的关键词，依据关键词来讲故事。

故事《_____》，关键词：_____
_____

5. 请选择一个印象最深的故事，绘声绘色地讲给组内的小伙伴听。之后，组内推荐一名上台讲，评选班级"小小寓言家"。还可以选择其中最感兴趣的故事，小组内彩排，表演出来。

二、和课文一起读

1. 读了课文中的寓言，你觉得寓言有哪些特点呢？
_____
_____
_____

_____

_____

_____

_____

2. 寓言是"小故事大道理"。通过学习课文中的寓言，你一定掌握了一些学习寓言的好方法，比如可以边读边问，在不断追问中明晰寓意；可以通过反复阅读，先读懂故事内容，再体会故事中的道理；还可以联系生活中的人和事，帮助我们更深入地理解故事中的道理……请运用这些学习寓言的好方法，读读《中国古代寓言》，你从这些"小故事"中，读懂了哪些"大道理"呢？

我从《_____》这个故事中读懂了_____

_____

_____

我从《_____》这个故事中读懂了_____

_____

_____

三、读书讨论会

1. 我们可以一边读寓言故事，一边提出问题，使故事里的道理变得更加清晰，让自己的思考变得更加深刻。比如，读《亡羊补牢》时，可提问：你为什么不去捉狼，非要补羊圈呢？思考之后，我们就知道：出现问题首先应解决出现的问题，而非舍近求远。请你和小伙伴一边读寓言，一边试着提一两个问题，一起思考、解答吧！

读《＿＿＿＿＿＿＿＿＿》时，我提问：＿＿＿＿＿＿＿

＿＿＿＿＿＿＿＿＿＿＿＿？思考之后，我知道：＿＿

＿＿＿＿＿＿＿＿＿＿＿＿＿＿＿＿＿＿＿＿＿＿＿

＿＿＿＿＿＿＿＿＿＿＿＿＿＿＿＿＿＿＿＿＿＿。

读《＿＿＿＿＿＿＿＿＿》时，我提问：＿＿＿＿＿＿＿

＿＿＿＿＿＿＿＿＿＿＿＿？思考之后，我知道：＿＿

＿＿＿＿＿＿＿＿＿＿＿＿＿＿＿＿＿＿＿＿＿＿＿

＿＿＿＿＿＿＿＿＿＿＿＿＿＿＿＿＿＿＿＿＿＿。

2.古代寓言不仅要读现代版本，也可以结合文言文版本一起阅读。下面的《鹬蚌相争》是文言文版本的，请古今对照着读读，你发现它们有什么不同吗？和小伙伴交流交流。

赵且伐燕，苏代为燕谓惠王曰："今者臣来，过易水。蚌方出曝，而鹬啄其肉，蚌合而拑其喙。鹬曰：'今日不雨，明日不雨，即有死蚌。'蚌亦谓鹬曰：'今日不出，明日不出，即有死鹬。'两者不肯相舍，渔者得而并禽之。今赵且伐燕，燕、赵久相支以弊大众，臣恐强秦之为渔夫也。故愿王之熟计之也。"惠王曰："善。"乃止。（《战国策》）

你看，文言文版本的，用简洁的文字，将这么长的故事说清楚了，这就是人们常说的"言简意丰"。不只《鹬蚌相争》，《滥竽充数》《亡羊补牢》等，都有文言文版的，感兴趣的同学可以找来读一读。

3.很多人将《中国古代寓言》制成了动画片或是小视频，非常值得我们看一看。也有一些读者对寓言进行了改写、续写，感兴趣的不妨找来读一读，也可以自己去创编新的寓言。

4.你喜欢读《中国古代寓言》这本书吗？为什么这么喜欢呢？读过这么多中国古代寓言，请你归纳一下它们的共同特点。